魚缸裡的貓

洪淑苓 著

我輕輕唱，你靜靜的聽

——洪淑苓童詩集《魚缸裡的貓》讀後

桂文亞

如果欣賞過洪淑苓老師雋永生動的散文，那麼，這本充滿想像、幽默、情感豐沛的少年兒童詩集，同樣讓人感動。

在大學教書，又專研學問的教授寫起童詩來，將會是怎樣的一種「風味兒」呢？淑苓老師一定是了解兒童的人，或者說，她自己就是個大兒童，心中的世界一如兒童般純淨可愛，當然，她畢竟是個成熟的大人了，也了解兒童的困惑、失落、孤單及種種道不明白的複雜感受，於是，淑苓老師就用一首首「詩」，來傳達少年兒童生活中全方位的喜、怒、哀、樂。這就是她的詩作引人共鳴之處。

詩集共分四卷，收錄了五十首作品，大多圍繞著少年兒童熟悉的學校、家庭、食物、玩具和動植物等題材。其中收錄她大學時期在校刊上發表的第一首珍貴童詩：「教室裡的小鳥」，那年，她剛滿二十歲吧！我們不妨仔細品讀，二十歲的大學生？應該倒過來，那是你我十二歲小學生時期曾都有過的夢想吧！

淑苓老師偏愛〈發考卷〉和〈彈鋼琴〉兩首作品，也是我特別欣賞的佳作。〈發考卷〉這首，寫活了小學生面對發考卷時，心情上的起伏不寧，也描述了老師發考試卷所製造的緊張氣氛——由最高分開始點名，哇！到了六十分還沒輪到自己，完蛋了！原來……如此！整首詩猶如極短篇，結構縝密，懸疑性十足。

「老師敲敲我的腦袋：『拿去！』／100分！是我！／真的是我！」峰迴路轉，讓我這個數學白痴也為之鬆了一口氣。阿拉伯字在詩中的連續出現，是畫龍點睛，也造成感情變化及閱讀視線上的特殊效果。

〈彈鋼琴〉一首更是妙想，全詩使用了四種符號♬♪♫♪來象徵大象腳、棒棒糖、花豹尾巴和大草原，「跳一步一個音／彈出快樂的聲音」這首創意十足的「圖畫詩」十分出彩。另外如〈起床〉，將難字以注音符號代替；〈洗頭髮〉、〈音樂馬車〉將行間做了排列組合，也使純粹的文字符號，增加了豐富的動感。

幽默是一種高尚的文學趣味，淑苓老師童詩中的想像，本身就是一種幽默。譬如〈哭和笑〉這首：哭的臉，「是雪糕融化了」，笑的臉，是「媽媽炊的發糕」；譬如〈花椰菜〉：「媽媽把花椰菜削成／一支支扁扁的珊瑚」；對於幽默童心的把握，〈矮〉和〈紅綠燈〉更讓人會心一笑。其中還有一首〈關渡大橋〉，我在書房裡大聲朗讀，特別過癮，這首詩節奏感很強，蹦恰恰，蹦恰恰，跳舞一般。

每個人都有童年，不過每代人的童年各有特色。第三單元中，又讓我讀到細膩的心思。詩中的芭比娃娃、皮卡丘、Kitty貓、金屬格瑞和加魯魯、烤番薯和炸薯條、彈珠汽水和可口可樂，還有賤狗和骷髏頭貼紙！太親切有勁了！在這些熟悉的玩具和飲料中，你讀到什麼呢？我讀到的是歲月似長長的臺階，往上走，也忍不住回頭看看，從前和現在，傳統與現代，都讓人如此懷念和企望！

〈青蛙．我．家〉，〈紋身貼紙〉——這兩首詩也讓我想起那失落一角的單親兒童和永遠低著頭的「後段班『壞』孩子」！她關心弱勢族群，具有悲憫情懷，她看得到〈一片自殺的葉子〉帶血的纖維，也了解安靜房子裡等待「和我說話」的寂寞心靈，及「不僅吹乾你的眼淚／也要帶著你飛翔」的「黃絲帶之歌」！

兒童詩的寫作難度很高，因為兒童詩既要兒童由衷的發笑，也要有感的滴下淚珠，這，得要有一顆金子似的真心才能做到。

淑苓老師有一支生花妙筆，請繼續為青少年兒童寫作啊！

詩眼看童年

——序洪淑苓童詩集《魚缸裡的貓》

張嘉驊

每當與年輕的朋友談論寫作之道，我總鼓勵他們用詩般的眼睛來看待平常的事物，正如把驕陽看成燃燒的巨大花朵，把弦月看成漂浮的船。事實上，最精練的語言就是詩，而我們每一個人的童年都應該要有詩。

因此當我得知淑苓即將出版她的童詩集，我是多麼為小讀者感到高興：在他們的童年歲月裡，從此又有一本優秀的童詩集值得賞愛；通過閱讀，他們可以揣摩作者如何用心的在過活，藉此也可以讓自己的心靈更加敏銳和豐富。

當然，誠如淑苓在自序中所透露的，這本童詩集的讀者也可以是成人。成人讀童詩，更能感受到「想像的小精靈」在跳躍，逝去的童年也將因此而獲得一次重新營造的機會。

身為一名傑出的中文學者、散文作家和詩人，淑苓對中文的研究和運用能力無可置喙。從〈魚缸裡的貓〉這首詩，我們就可以看出她在「淺語」中寓有深意的語言藝術：

我家的花貓／在金魚死掉以後／跳進空的魚缸／住了好幾天都不出來／喵嗚喵嗚／牠一定在說／「小金魚，你到哪兒去了／趕快回家來呀／我只是開個玩笑／輕輕咬你一口而已」

就一般情況來說，「輕咬一口」是表達愛，但對金魚來說卻是要命的「死亡之吻」。這首詩表面上說的是花貓的不解和歉意，其實更值得關注的是「我」在述說此一事件時所流露的同情心。「我」在講述這件事情時，應該是很傷心的在流著眼淚吧！那樣的淚水，作者沒寫，但我們讀得出來。作者不寫而讀者依然能讀出其中所隱藏的東西，這就是寫作的功力。

我讀淑苓的這本童詩集，起初是一首一首的讀，後來改成「整本書」的讀。這麼一讀，才發現每一首詩的「我」，可以連綴成一個更大的「我」。那是一個個性鮮活的兒童形象，融會了作者遙遠的童年回憶、兒女的成長記錄和當代青少年所遇到的生活問題（聚焦在應試教育）。比起抒發憤懣和感傷，作者更在意如何表現溫暖和純真。所以我們或許可以開個小玩笑，採用現在影視界的流行用語，將之歸類在「療癒系」的童詩。

童詩可以療癒心靈，這種功能卻不是開玩笑的。就像〈紙鶴〉一詩，「我」藉由摺紙鶴來表達對班上「缺席」的好友的思念：

當大雨過後　太陽升起／我相信　紙鶴會飛入山谷／搭一座彩虹橋／那雪白的身影／就是我日夜思念的好朋友／正在向

我揮手

多少年來，我懷念那些已經過世的朋友，缺的正是這樣能搭一座彩虹橋的紙鶴。讀到這首詩，我的感喟也就特別多。

謹以為序！

自序

洪淑苓

這是一本童詩集。也可以說，是童詩和少年詩的合集。

什麼時候開始寫童詩的？我似乎已經遺忘。但這本童詩集所展現的，分明是一條栽滿花花草草又蹦蹦跳跳的彎曲小路。

曾經，我是那個很不專心上課的孩子，看著黑板，心裡卻忍不住祈求窗外的小麻雀飛進教室。吱喳吱喳，小麻雀說，老師，應該下課了。

也是那樣的年歲，我上學時總是一路摘花折草，嗅一嗅，嚼一嚼，啊！朱槿花的花蜜好吃，金露花有點兒苦。牛頓草很香，酢漿草是酸的。我走過田野小路，一路聽到樹在對我說話，催我走快點，而風總是在旁邊悄悄說，別理他，你走你的，好玩的事還很多……

嗯，這就是我寫童詩的心情。我把自己放回童年時候的我，想起空氣中的青草香，想起和同學在走廊上跳橡皮筋，在操場打躲避球的時光。

那是二十來歲的我回頭去看十歲的我。我無法故作天真，因為我已經忘記十歲的用語，但我記得那心情，那情境。於是，我閉上眼睛，扶著文字的繩索，引領我回到純真的童年。

我是這樣想的，寫童詩，首先把心靈淨空，然後要有想像力、感受力，極力捕捉一種純淨的語言和境界。

這些，大約是和卷一、卷二的作品有關的背景和一些感想。卷一的〈教室裡的小鳥〉是我第一次發表童詩，初刊在台大的學生報紙《大學新聞》的副刊，而〈起床〉則獲得台大童詩獎第一名。卷二的〈關渡大橋〉記錄了淡水火車的印象，而今火車已走入歷史；其他如〈發考卷〉、〈魚缸裡的貓〉、〈花椰菜〉、〈彈鋼琴〉等，都是我自己很喜歡的作品。

至於卷三和卷四，要從另一頭說起。

進入三十許的年紀，我當了太太和媽媽，開始養兒育女的偉大工程。我陪著孩子玩耍，也講故事給他們聽。我把他們的童言童語寫進詩歌裡，也把想對他們說的話融入其中。我跟著他們成長，從幼稚園、小學到國中的年紀，如果以老大的成長背景來看，約莫是九〇年代末到二〇〇五年，那段時間，曾經流行過電子雞、皮卡丘、巧虎島、紋身貼紙等遊戲或是動漫人物，他們也看（聽）國語日報、小牛頓、巧虎、漢聲中國童話、漢聲小百科、啟思童話故事集、迪士尼卡通等書刊和卡通電影——那段時光，儘管我自己十分忙碌，家庭和工作兩忙，但為他們說故事，和他們一起玩遊戲，卻是最快樂的事，彷彿又重新過了一次童年。

老實說，我對童詩、少年詩並沒有專心經營，常常是靈感來了才寫。但因為陪著孩子成長，也讓我開始思考用旁觀者的眼光，寫一些有主題性的作品。譬如卷三〈老奶奶和芭比〉、〈彈珠汽水和可口可樂〉，係以祖孫兩代為對照，寫出溫暖的人情和記憶；而卷四〈給我一座山〉、〈紙鶴〉等，則試圖寫下少年的生活和心聲。可以這麼說，卷四的作品是我比較認真在想如何寫少年詩——以十到十五歲的少年為對象，模擬他們的生活經驗，藉以寫出他們的情感和思想。所以這裡有學校生活的片段，也有心情抒發，還加上對一些意外事件的書寫。我希望我已稍微探觸到少年的歡樂與哀愁，而向他們展示出詩的抒情作用。

我本來就對兒童文學有興趣，安徒生曾經是我心目中的偶像。大學時代偶爾寫寫，但後來還是被教學和研究的事拉走，剩下的心力勉強拿去寫現代詩和散文。但有一段時間，大約是一九九七至二〇〇二年之間，我認識兒童文學界的一群朋友，大家一起擔任好書大家讀的評審，為兒童文學寫書評，非常有趣、有意義！我甚至還發表了一篇研究論文。說到這裡，更必須感謝當時在民生報兒童天地版擔任主編的桂文亞，她經常跟我邀稿，使我對童詩寫作充滿信心和能量。而張嘉驊當時也在兒童天地版擔任編輯，他以敏銳的眼光，對我的詩提供寶貴的意見，並介紹我去閱讀許多兒童文學理論的書籍，可說是既專業又友善的良師益友！在此也特別感謝他們二位為我寫序。

此外，也要謝謝蘋果妹徐璐，她的插畫讓我的詩更增加童趣。建志幫忙重新打字，在此一併致謝。

出版這本童詩集的意義是甚麼呢？我不禁擱筆沉思。除了紀念那一段沉浸於兒童文學寫作與研究的歲月，除了代表自己在現代詩創作之外的成果，它還有什麼？顯然，從童稚天真的卷一到卷四少年生活的編排，並不符合兒童讀物的模式。我私心認為，這不只是給兒童或少年讀者閱讀的，它訴求的是更廣大的讀者群：凡是童心未泯、凡是關心兒童與青少年的，凡是心裡還藏著一群想像的小精靈的，都是我期待中的讀者。

這五十首詩，代表我從繆思的花園採下的花果，色彩繽紛、新鮮甜美，希望你會喜歡。

目次

卷二　魚缸裡的貓

卷三　叮咚

卷四　給我一座山

卷一

教室裡的小鳥

教室裡的小鳥

走廊上的小鳥
只會吱吱喳喳
蹦
蹦
跳
跳
從不飛進來
因為他們
嫌老師太吵

說話課
老師講笑話
我們笑彎了腰
吊燈也東晃西搖
後來，有
小小的聲音在響
啾—啾—啾
是小鳥
在吊燈上微笑

一九九六年二月九日　《民生報》兒童天地版

冠軍
二年樂班
整潔比賽
年
月
日

椰子樹

椰子樹喜歡和風
講悄悄話
就被老師罰站
在教室外面
立正　等到放學
天要黑了
大家忙著打掃
風趕快幫椰子樹

抬起手來
擦著高高的那塊大黑板

一九九六年二月十七日《民生報》兒童天地版

湖邊的樹

湖邊的樹
用雨水洗了頭髮
太陽就是它的吹風機
再拿風當梳子
把枝葉梳得整齊
湖是一面大鏡子
樹照著大圓鏡

哇！換了一個
又新又美麗的自己

一九九六年三月卅日 《民生報》兒童天地版

襪子和鞋子

襪子是鞋子的好朋友
鞋子想和主人更親近
襪子就讓出機會
躲起來
不讓主人找到
主人只好就穿上鞋子
走了兩三步　腳磨破
「好討厭的鞋啊
我那雙柔軟的襪子呢」

鞋子聽了好委屈
走著走著，鞋子的心情
像主人的腳步
一樣沈重

一九九六年四月一日 《民生報》兒童天地版

戴眼鏡的人

一棟會走路的樓房
只開了兩扇窗子
有的玻璃是透明的
好像拉開了窗簾
有的是彩色的
像放下窗簾一樣

一九九六年四月十三日《民生報》兒童天地版

一塊錢

是誰的錢包忘記關門
頑皮的一塊錢溜了出來
在地上打滾
滾呀滾呀
終於累倒在我的鞋尖前
我抱起它瘦扁的身體
怎樣還給它的主人呢
想了想

只好把它放到公用電話亭裡
留給有急用的人

一九九六年三月十日 《民生報》兒童天地版

起床

媽媽從來不守時
跟著太陽公公
愛早起　就早起
自己在ㄔㄨˊ房裡
切菜洗米
還叫我ㄍㄨㄢ掉
夢的精彩影集

不成不成
壞人還沒投降哩
我翻個身
ㄐㄧˋㄒㄩˋ收看下去

媽媽放下手裡的鍋ㄔㄢˇ
走到我身邊
掀開我的棉被
ㄍㄨㄢ掉了我的影集
再用手把我的身抄起
像過年煎大魚

終於起床了
——那個壞人
不曉得投降了沒有

一九八四年台大現代詩童詩獎第一名
一九九六年五月十日《民生報》兒童天地版

發考卷

老師發考卷
從一百分開始
100 99 98 96 95 93 92
88 87 84……
好久好久
還沒叫到我
我又急又害怕
想起早上等公車
好久好久

車站的人都走光了

車子怎麼還不來載我

70 69 68 65 62 60

——怎麼還沒叫到我

完了，不及格，鐵定挨

打

「誰沒拿到考卷？」

都發完了，只剩下我

走到老師面前，一看

哇，100分！沒寫名字，是

我？

老師敲敲我的腦袋：

「拿去！」

100分！是我！
真的是我！

一九九六年十月五日 《民生報》兒童天地版

削鉛筆的聯想

有一棵樹
尖尖的葉子像耳朵
圓圓的氣孔會呼吸
長長的樹枝像手臂
粗粗的樹根會走路
這些，這些它都沒有

有一棵樹
沒有耳朵聽話

沒有嘴巴唱歌
不能和人握手
不能走路去交朋友

有一棵樹想交朋友
只有光禿禿的軀幹
只能用那又黑又瘦的心
吐露願望
用那又黑又瘦
可是卻堅強無比的心
一個字一個字
句子連著句子比劃下去

多麼希望別人了解
樹的心跳加速
越寫越著急 一下子
就變矮了變老了

一九九七年五月二日 《民生報》兒童天地版

彈鋼琴

大象用腳彈鋼琴
♬♬ ♬♬
一次五個音
老師說，好聽好聽
你還可以用鼻子
把琴鍵當做棒棒糖
𝅗𝅥. 𝅗𝅥. 𝅗𝅥. 𝅗𝅥. 𝅗𝅥.
一根棒棒糖一個音
彈出輕快的聲音

花豹用尾巴彈鋼琴
♫ ♫
連續三個音
老師說，好聽好聽
你還可以用跳的
把琴鍵當作大草原
♩.♩.♩. ♩.♩.♩.
跳一步一個音
彈出快樂的聲音

二〇〇〇年四月九日 《民生報》兒童天地版

卷二

魚缸裡的貓

魚缸裡的貓

我家的花貓
在金魚死掉以後
跳進空的魚缸
住了好幾天都不出來
喵嗚喵嗚
牠一定在說
「小金魚，你到哪兒去了
趕快回家來呀

我只是開個玩笑
輕輕咬你一口而已」

一九九六年二月廿四日 《民生報》兒童天地版

哭和笑

哭的臉是
雪糕融化了
模模糊糊
看起來髒兮兮
一點兒也不想親它一下

笑的臉是
媽媽炊的發糕
ㄅㄛ　ㄅㄛ　ㄅㄛ

像花瓣一樣裂開
張著嘴兒哈哈笑
真想真想
偷偷咬它一口啊

一九九六年三月廿三日 《民生報》兒童天地版

洗頭髮

長髮的大姊　洗頭
水珠子手牽著手
穿過黑森林
從黑絲絨的滑梯上
滑——下來

短髮的小弟　洗頭
水珠子像夜襲兵
在矮矮的灌木叢裡　散開

眨眼睛打暗號
一齊 衝
出
去

一九九六年五月二日《民生報》兒童天地版

打陀螺

陀螺陀螺
如果地球像你這樣
轉個不停
我們都要頭暈了
陀——螺，陀——螺，
陀……
如果地球像你這樣
慢……慢……慢慢停止
我們就要搬到火星去囉

一九九六年五月卅一日《民生報》兒童天地版

誕生

髒兮兮的
眼　耳　口　鼻
都洗乾淨了
是一張臉的誕生

灰暗暗的天空
來一場嘩啦啦的雨
把樹葉的灰塵洗乾淨了
是一個新天地的誕生

高高興興起床
自己穿好衣鞋
照鏡子　看看啊
是不是也有一個
整潔又美麗的自己

一九九六年六月廿八日　《民生報》兒童天地版

花椰菜

媽媽把花椰菜削成
一支支扁扁的珊瑚
炒出綠色的香味
我們就變成小魚
趕緊游過來
快樂的啄，啃，嚼
享受這盤
我們最愛的菜肴

一九九六年七月卅日 《國語日報》兒童文藝版

橄欖菜

橄欖菜粗澀的外皮
必須用小刀
仔細的削
才能切成一段段
細嫩可口的菜心

別人說的不中聽的話
必須用智慧
冷靜的想

才能串起一顆顆
美麗動人的寶石

一九九六年十月廿四日《國語日報》兒童文藝版

高麗菜

脆脆的高麗菜
有人叫它玻璃菜
它的家在梨山
冰涼的空氣
像玻璃一樣光亮

我喜歡吃高麗菜
我希望所有的青菜

都生長在玻璃菜
那清涼乾淨的家

一九九六年十一月卅日《國語日報》兒童文藝版

關渡大橋

去淡水呀坐火車
搭汽船呀過大河
大河的腰呀有座橋
一段一段慢慢造
造好了長橋去八里
開車兜風很得意
去淡水呀坐火車
走長橋呀過大河
汽車嘟嘟

汽船嗚嗚
橋上橋下打招呼
去淡水呀坐火車
過關渡呀有長橋
聰明的你呀動動腦
汽車嘟嘟好神氣
汽船嗚嗚真有趣
哪一樣是你最歡喜

一九九七年一月二日 《民生報》兒童天地版

咖啡杯

巨人快要追過來了
我變成甜甜的方糖
哥哥變成香香的奶精
一起跳進咖啡杯裡

旋轉　轉找轉
轉小旋尋是旋
旋碟在力都轉
轉子都努裡旋
旋小界人睛轉
轉桌世巨眼旋
旋子全

一九九九年四月　《台灣詩學季刊》廿六期

音樂馬車

紅色的小馬上升
高音♪在微笑
車綠色的小馬下降
馬　快樂♪做體操
樂　白色的小馬上升
音　頑皮♫翻跟斗
樂　咖啡色小馬下降
馬　聞到巧克力香
車藍色的小馬上升

金色車也跟著
飛
過
海
洋

一九九九年四月《台灣詩學季刊》廿六期

芭蕾舞

芭蕾舞的腳
是會旋轉的小陽傘
前點、側點、轉啊……
好多好多漂亮的圈圈
在童話的花園跳芭蕾舞
芭蕾舞的手
是會飛翔的雲朵
伸長彎曲上升
慢慢飄下來

變成樹葉片片
也在金色的風中跳芭蕾舞
天鵝湖　吉賽兒
胡桃鉗娃娃
優雅的芭蕾仙子
請來我夢的舞台演出

一九九九年十二月十二日　《民生報》兒童天地版

卷三

叮咚

哎喲

哎喲　哎喲
牙疼
比跌倒還痛
比掉了一塊錢還痛
比輸了橡皮筋還痛
哎喲　哎喲
挨媽媽打
其實就跟牙疼一樣痛
媽媽說她也痛

——在哪兒呢
怎麼沒看見她的手心
也像我的　有紅色的藤條印
只有她的眼眶紅紅的
眼睛痛，也像牙疼一樣難受嗎

一九九六年六月廿二日　《民生報》兒童天地版

矮

全家去散步
路旁的樹枝真茂密
都低下頭來向我們問好
大家也彎腰行個禮
從低垂的枝葉下
謙虛地通過有禮貌的
森林王國
只有一個人
抬頭挺胸走過去

像拿破崙穿越
高大的三軍行列
多麼威風啊
是最小的弟弟
他已經忘記　昨天
還因為身高在生氣

一九九六年八月卅一日《民生報》兒童天地版

媽媽的黃昏

黃昏時　天空
雲朵都趕著腳步回家
氣喘得臉都紅了
向風伯伯借了翅膀
我也跑回家
很急很快
但是到家還是喘著氣
臉也通紅　我大叫
「媽！媽！

趕快出來看雲。」
廚房裡
青菜和肉絲在鍋中
滋滋滋地爭吵
爐火正紅冬冬地燒
媽媽說她很忙
叫我別煩她
媽媽，媽媽
給自己放個假嘛
趁著雲朵還沒回到家
我們去看它們在天空賽跑
給它們加油
然後，晚餐吃泡麵也可以

一九九七年一月廿四日《民生報》兒童天地版

紅綠燈

我們兄弟三人
提著紅色黃色綠色的燈籠
在路口排成一排
等王小明放學走來
大哥就把他的紅色燈籠
舉得高高的，點得亮亮的
「禁止通行」！
（哼！誰叫他不借我們棒球玩）
風伯伯來了

叫我們不要吵架
我們不聽
他就鼓起腮幫子
吹熄了大哥的紅色燈籠
二哥趕快舉起黃色燈籠
風伯伯又用力一吹
黃色燈籠也熄了
只有我的綠色燈籠
風伯伯說
「舉高，舉高，綠燈通行。」
我們只好讓風伯伯牽著小明
通
過

一九九七年一月卅一日 《民生報》兒童天地版

牽手

大手牽小手
溫的手牽冰的手
溫的手說：「好冰啊！」
冰的手說：「好溫啊！」
兩隻手用力握緊
大手小手
溫的手冰的手
都變成
溫暖的手

一九九七年二月一日　《民生報》兒童天地版

扮家家

我喜歡和妹妹
扮家家演戲

我喜歡當爸爸
可以開汽車上班
有時候也可以
幫忙煮飯
變成大廚師

妹妹喜歡當媽媽
可以生出好多
弟弟和妹妹
有時候戴上眼鏡
她就變成博士

假裝今天是星期日
我們要帶小孩
去公園玩

爸爸媽媽
你們聽到了嗎

我們要去公園玩
我們要去公園玩

一九九七年四月四日《民生報》兒童天地版

叮咚

叮咚　叮咚
是誰
是郵差叔叔送來
好看的故事書

叮咚　叮咚
是誰
是貨車叔叔送來
好喝的鮮奶

叮咚　叮咚
是誰
是誰送來
巧克力和萬能麥司
是聖誕老人嗎

叮咚　叮咚
是誰
到底是誰

一九九七年五月廿四日　《民生報》兒童天地版

愛的三明治

哥哥姊姊玩遊戲
我趕緊湊過去
「討厭！你這個搗蛋鬼。」

叔叔和女朋友談天
我趕緊湊過去
「討厭！你這個飛利浦電燈泡。」

爸爸媽媽在看電視
我不敢　湊過去
「過來呀！小寶貝！」
我們三個擠在沙發上
像一客
愛的三明治

一九九八年二月十一日　《國語日報》兒童文藝版

老奶奶和芭比

胖胖的老奶奶
一個人躺在搖椅上
睡著了

我悄悄走過去
把我的芭比
放在她懷裡
假裝那是還沒長大的我
正躺在舒服的搖籃底

老奶奶一定做夢了
風吹過的時候
她微微地笑
右手還拍拍我的芭比

我的芭比沒有睡著
她也在微笑
安靜的，不敢
吵醒老奶奶的好夢

二〇〇〇年七月十六日　《民生報》兒童天地版

我的皮卡丘

我的皮卡丘
高興時說
皮卡　皮卡　皮卡
難過時說
丘嗚　丘嗚
這次月考我的數學
考100　皮卡皮卡皮卡
可是社會78
丘嗚——丘嗚——

晚上我睡不著
抱著皮卡丘
在黑暗中
它閃亮的眼睛
忽然打出新暗號
卡丘　卡丘　卡丘
加油　加油　加油

一九九九年六月十五日　《民生報》兒童天地版

我的Kitty貓

晚餐後
我的粉紅Kitty貓
在書桌上陪我作功課
穿著粉紅圍裙的爸爸
在廚房　洗碗
拿著粉紅拖把的哥哥
在客廳　拖地
綁著粉紅髮帶的媽媽
在書房　打電腦

這是個幸福寧靜的夜晚
連天空裡的月亮
都是溫柔的粉紅

一九九九年八月二十日　《民生報》兒童天地版

怪獸對打機

電波！電波！
我瞄準東北角三十度
果然救到一只比丘獸

299、298、297
我努力地搖
為了進化
為了進攻魔王的領域
我發誓把我的金屬格瑞

養大養壯
變成宇宙無敵
陳國明來和我對打
哼！第二代的加魯魯
怎麼打得過我的超六代

我立刻吸收了他的能量
我的花精靈開心地笑了
而且真的變大變壯
繼續打敗青蛙獸跟大便怪

哈！宇宙無敵
夥伴們，在V字飛龍獸的帶領下

我們不但要拯救被困的路行鳥
也要召集更多的天使獸種子獸
加布、巴比、亞古和瓢蟲獸
一起征服魔王
向未來的世界出發

二〇〇〇年五月十三日 《民生報》兒童天地版

烤番薯和薯條

爸爸說
烤番薯是他的童年

ㄎㄧㄌㄧㄌㄧ　ㄎㄧㄌㄧㄌㄧ
小販搖響竹筒
陶缸裡的番薯
睡著了　臉紅了
渾身散發誘人的香味
爸爸忽然變成小孩
一邊說，一邊流口水

爸爸說

你的童年是什麼

金黃色的M字
香噴噴的薯條
紅鼻子大皮鞋的小丑
可樂加冰塊更快樂

我忽然變成小老頭
瞇著眼睛
尋找遙遠的童年

一九九九年六月十二日《民生報》兒童天地版

彈珠汽水和可口可樂

走在淡水老街
爺爺掏出二十塊錢
買了一瓶「拉姆內」
在瓶口用力一壓
彈珠掉下去
嘶、嘶、嘶——
冒上來的
全都是歡樂的氣泡

爺爺喝了一口說
嗯，這正是我童年的滋味

走到街角的販賣機前
我投下兩個銅板
選了一罐Coca Cola
用力拉起拉環
啵！噓！嘶——
水珠和氣泡一起衝出來
我趕緊吸了兩口
喔，這才是我童年的滋味

爺爺忽然轉過來看我
我們幾乎同時說
要不要交換？我的童年
你的可口可樂
你的彈珠汽水

二〇〇〇年六月三日　《民生報》兒童天地版

卷四

給我一座山

聽話

整個夏天
樹上的蟬
嘰咿嘰咿
誰聽我說話
誰聽我說話

整個冬天
窗外的風
吼呼吼呼

誰聽我說話
誰聽我說話

每天每天
第一個回到家
安安靜靜的房子
誰聽我說話
誰聽我說話

一九九七年五月九日《民生報》兒童天地版

四大天王

誰叫你忘記帶課本
誰叫你沒有寫作業
誰叫你和隔壁班的女生講話
誰叫你上完廁所不沖水
你只好把自己貼在牆壁
等糾察隊來索取簽名
導師還會在你頭上蓋個收集章
然後你的影迷死黨哥兒們
才敢把你撕下來帶走

現在　走過去的是校長
你以為他會說
喔！四大天王，稍息立正站好
很酷喔！
校長竟然若無其事地走過去
那慈祥的表情，真是
ㄒㄩㄣˋ！

一九九七年十二月廿七日　《民生報》兒童天地版

給我一座山

給我一座山
我是蟬
叫響瞌睡的夏天

給我一座山
我是風
在山谷溜滑梯
唱歌給樹聽

給我一座山
我是水
從山頂出發
瀑布清泉和小溪
都跟著我朗誦
大自然的詩篇

給我一座山
我要光著腳丫跑跳
把隱藏的精靈踩痛
叫它出來為全世界
散・播・歡・樂

一九九八年一月九日 《民生報》兒童天地版

青蛙・我・家

青蛙青蛙你有兩個家
池塘游一游
地上跳一跳

青蛙青蛙我也有兩個家
週一到週五　媽媽家
週末假日　爸爸家

青蛙青蛙我蹲在校門口
腳發麻　爸爸忘了來接我
我也不敢打電話給媽媽

青蛙青蛙今天星期幾
我要回哪一個家

一九九八年二月廿四日《國語日報》兒童文藝版

自殺的葉子

第一節下課
大家議論紛紛
一片葉子自殺了
一片椰子樹的葉子自殺了

工友伯伯來不及清理現場
我們通通湊過去看
撕裂的樹皮帶血的纖維
就這樣撕——撕——

碰

墜樓倒地

很痛吧

斷臂的椰子樹

死去的葉子

上課鐘響了

我們趕緊跑開

寂靜的校園

只有風低聲唱著

哀悼的歌

一九九八年四月四日《民生報》兒童天地版

ME TOO

星期一
英文老師取消小考
你高興地笑了
me too

星期二
國文老師講她的羅曼史
你開心地笑了
me too

星期三
數學老師找不到粉筆
你偷偷地笑了
me too

這是快樂國中頑皮班的週記
星期四星期五我們打算去露營
星期六是電動玩具日
星期天　到了再說
贊成的　不要舉手　大聲叫
ME TOO

一九九八年四月十日《民生報》兒童天地版

紋身貼紙

骷髏頭　蜈蚣尾
我的手臂很酷吧
愛漂亮的妹妹貼蝴蝶
（他在模仿偶像王菲）
LKK的老媽
就給她貨品條碼
當她瘋狂大採購
爸爸的荷包就會嗶嗶叫
放心　我沒有變壞

我只是變臉變手變腿
用流行的貼紙　紋身
我還想貼上黑眼圈變成賤狗
貼上粗黑的眉毛變成小新
這才叫做「炫」
我寧可貼上西瓜太郎
也不要　A班B班好班壞班
升學班放牛班前段班後段班
被聯考的惡夢　紋身
一輩子也洗不掉的疤痕

一九九八年五月十五日　《民生報》兒童天地版

祝福

微風帶來了祝福
小花彎下腰來接受
陽光帶來了祝福
小樹張開手臂歡呼

我盼望抽到那張幸運卡
成為你的小天使
每天把我的祝福
寫在微風中　陽光裡

讓你聞到花香
聽見樹的歌唱

當你傷心
我就化為晶瑩的露珠
訴說　含淚的祝福

一九九八年七月廿四日《民生報》兒童天地版

心語

新生訓練那天
你坐在我後面
幫我撿起地上的筆
還說我的髮型很好看
我忘了說謝謝
卻已經認定你是我
上國中後的第一個朋友
也是最好的朋友

第一次段考成績公佈了
我才知道你是英數高手
老師把你調到中間最好的座位
就在我右前方　比較遠些

望著你的背影
你的頭髮剛修剪過
我想過去讚美你
只是……我們還算不算
好朋友

一九九八年九月廿六日　《民生報》兒童天地版

紙鶴

那個座位空了很久
我悄悄摺好紙鶴
一次一隻
一隻一個顏色
紅 是我思念的熱情
橙 是我想要分享的甜蜜
黃 是我祈求的光明
綠 是我點燃的希望
藍 是我小小的擔心……

最後　我摺了一隻白鶴
放在那個空的桌子上

當大雨過後　太陽升起
我相信　紙鶴會飛入山谷
搭一座　彩虹橋
那雪白的身影
就是我日夜思念的好朋友
正在向我揮手

一九九九年十二月十八日　《民生報》兒童天地版

黃絲帶之歌

大地震過後
公園裡的樹都掛上
柔軟的黃絲帶
好像許多溫柔的手
輕輕搖動葉子和風
合唱一首安慰的歌

他們唱著
凡是房屋倒塌的

凡是親人離散的
凡是忍不住流淚的
凡是悲傷又彷徨的
請來我們的懷抱
請來我們的懷抱

黃絲帶為你編織幸福的夢
綠色的葉子為你展現生命的勇氣
那溫柔的風啊不僅吹乾你的眼淚
也要帶著你一起飛翔
也要帶著你一起飛翔

直到痛苦的種子落地
溫暖的泥土孕育新的希望

二〇〇〇年十二月十八日　《民生報》兒童天地版

紀念冊

六月的天空
是用鳳凰花裝飾的
紀念冊
一頁頁的空白
留給親愛的老師和朋友
請你為我寫下鼓勵的話
請你為我畫下可愛的笑容

六月的天空
是用驪歌填滿的
紀念冊
當我抬頭
總看到朵朵白雲
互相道別珍重

六月的天空
是一本藍色的紀念冊
我無法用絲帶
為它打上漂亮的蝴蝶結
因為　我的心在顫抖

二〇〇〇年六月十七日　《民生報》兒童天地版

畢業照

我想請你
和我拍一張畢業照

在大榕樹下
我們練習合唱的地方

在紅色跑道上
我們比賽大隊接力的地方

在合作社前面
我們一起吃冰棒的地方
在升旗台後面
我們交換秘密的地方
在時光的走廊
在回憶的深處
我想和你
拍很多很多畢業照

二〇〇〇年七月八日《民生報》兒童天地版

升學地圖

到北一女的路
沒有直線
只有一格一格跳房子
跌倒了自己爬

到建中的路
沒有直線
只有一彎一拐走迷宮
朝著光榮的目標前進

有沒有這樣一條路
連環彎曲螺旋形
小蜜蜂進行曲的速度
帶我飛舞　噴灑彩色的飛機雲
在升學的地圖上我仰望
一片自由的天空

一九八八年二月十六日　《民生報》兒童天地版

讀詩人93　PG1628

魚缸裡的貓
——童詩集

作　　者　　洪淑苓
繪　　圖　　徐　璐
責任編輯　　鄭伊庭
圖文排版　　周妤靜
封面設計　　蔡瑋筠

出版策劃　　釀出版
製作發行　　秀威資訊科技股份有限公司
114 台北市內湖區瑞光路76巷65號1樓
電話：+886-2-2796-3638　傳真：+886-2-2796-1377
服務信箱：service@showwe.com.tw
http://www.showwe.com.tw
郵政劃撥　　19563868　戶名：秀威資訊科技股份有限公司
展售門市　　國家書店【松江門市】
104 台北市中山區松江路209號1樓
電話：+886-2-2518-0207　傳真：+886-2-2518-0778
網路訂購　　秀威網路書店：http://www.bodbooks.com.tw
國家網路書店：http://www.govbooks.com.tw
法律顧問　　毛國樑　律師
總 經 銷　　聯合發行股份有限公司
231新北市新店區寶橋路235巷6弄6號4F
電話：+886-2-2917-8022　傳真：+886-2-2915-6275

出版日期　　2016年9月　BOD一版
定　　價　　250元

Printed in Taiwan

國家圖書館出版品預行編目

魚缸裡的貓：童詩集 / 洪淑苓著. -- 一版. -- 臺北市：
釀出版, 2016.09
面； 公分. -- (讀詩人；93)
BOD版
ISBN 978-986-445-144-9(平裝)

859.8 105014686

讀者回函卡

感謝您購買本書，為提升服務品質，請填妥以下資料，將讀者回函卡直接寄回或傳真本公司，收到您的寶貴意見後，我們會收藏記錄及檢討，謝謝！如您需要了解本公司最新出版書目、購書優惠或企劃活動，歡迎您上網查詢或下載相關資料：http:// www.showwe.com.tw

您購買的書名：＿＿＿＿＿＿＿＿＿＿＿＿＿＿＿＿＿＿＿＿

出生日期：＿＿＿＿年＿＿＿＿月＿＿＿＿日

學歷：□高中（含）以下　□大專　□研究所（含）以上

職業：□製造業　□金融業　□資訊業　□軍警　□傳播業　□自由業

□服務業　□公務員　□教職　□學生　□家管　□其它＿＿＿

購書地點：□網路書店　□實體書店　□書展　□郵購　□贈閱　□其他

您從何得知本書的消息？

□網路書店　□實體書店　□網路搜尋　□電子報　□書訊　□雜誌

□傳播媒體　□親友推薦　□網站推薦　□部落格　□其他＿＿＿＿＿

您對本書的評價：（請填代號　1.非常滿意　2.滿意　3.尚可　4.再改進）

封面設計＿＿　版面編排＿＿　內容＿＿　文／譯筆＿＿　價格＿＿

讀完書後您覺得：

□很有收穫　□有收穫　□收穫不多　□沒收穫

對我們的建議：＿＿＿＿＿＿＿＿＿＿＿＿＿＿＿＿＿＿＿＿

＿＿＿＿＿＿＿＿＿＿＿＿＿＿＿＿＿＿＿＿＿＿＿＿

＿＿＿＿＿＿＿＿＿＿＿＿＿＿＿＿＿＿＿＿＿＿＿＿

＿＿＿＿＿＿＿＿＿＿＿＿＿＿＿＿＿＿＿＿＿＿＿＿

請貼
郵票

11466
台北市內湖區瑞光路 76 巷 65 號 1 樓
秀威資訊科技股份有限公司 收
BOD 數位出版事業部

(請沿線對折寄回,謝謝!)

姓　　名:________________　年齡:________　性別:□女　□男

郵遞區號:□□□□□

地　　址:____

聯絡電話:(日)________________(夜)________________

E-mail:____